AF196086

Karina A. Barres

Meine Suche

Copyright und Impressum
Name: Karina A. Barres
Email: buecher@barres.de

Verlag & Druck:
tredition GmbH
Halenreie 40-44
22359 Hamburg

**Bibliografische Information der Deutschen
Nationalbibliothek**
Die Deutsche Nationalbibliothek verzeichnet diese Publikation
in der Deutschen Nationalbibliografie; detaillierte bibliografische
Daten sind im Internet über http://dnb.dnb.de abrufbar.

©2021 Karina A. Barres
1. Auflage
Autor: Karina A. Barres
ISBN: 978-3-347-42131 (Paperback)

Bildrechte
Coverbild: https://pixabay.com/de/photos/ozean-
oberfl%c3%a4che-sonnenuntergang-918998/
Urheber: https://pixabay.com/de/users/free-photos-242387/

Karina A. Barres

Meine Suche

Prolog

Das Lagerfeuer in unserer Mitte prasselte und knisterte. Und weil es schon dunkler geworden war leuchteten die Flammen umso mehr. Es war ein bisschen gruselig, aber so, dass es noch schön war. Mit einem leichten Kitzeln im Bauch. Alle lachten immer wieder in ihren Gesprächen, ich fühlte mich wohl. Dann sprach Narva: „Aber jetzt erzähl du mal, wie hast du es geschafft hierher zu kommen? Wie hast du uns bloß gefunden?" Das Erstaunen darüber zauberte noch mehr Fältchen in sein weises Gesicht. Mit einem Mal waren alle Gespräche verstummt, alle blickten mich erwartungsvoll an. Ich antwortete zögernd: „Tja also eigentlich…, nun ja, ganz besonders…, ach, am besten fang ich ganz am Anfang an. Eigentlich begann alles vor 13 Jahren …

Wie alles Begann

$\mathcal{D}$amals war ich 3 Jahre alt. Ich lebte mit Mom und Dad (Louise und Ben) in einer kleinen Wohnung, mit Balkon. Sie liebten und beschützten mich, das war auch nötig, denn ich stellte dauernd irgendwas an. Aber einmal gingen sie ohne mich wohin (wahrscheinlich, haben sie mir erklärt wohin, aber ich habe es nicht verstanden).
Eigentlich hätte ich traurig sein müssen, war ich aber nicht, denn ich durfte in der Zeit zu Lili. Sie hat mich immer in die Luft geworfen, so dass meine, schon damals langen, dunklen und lockigen Haare, durch die Luft flogen. Und wenn sie mich sah, begann sie jedes Mal zu quietschen: „Oh meine süße Lotte!" Lili mochte ich. Ich glaube sie war Mom`s beste Freundin, denn jedes Mal, wenn die zwei zusammen irgendwo waren, kicherten sie die ganze Zeit.

Na ja, am … ich glaube … am vierten Morgen kamen zwei komische Männer, ich mochte sie auf Anhieb nicht. Sie redeten ernst mit Lili und als sie gegangen waren, begann Lili zu weinen. Ich wusste nicht warum, aber wenn sie weinte, musste es schon sehr schlimm sein. In den nächsten Tagen merkte ich, dass mit meinen Eltern etwas nicht stimmte. Sie kamen nicht. Nach einiger Zeit kamen die Männer wieder um mit Lili zu sprechen, nach diesem Mal war sie noch trauriger und verzweifelter. Sie erklärte mir, dass meine Eltern wohl nicht mehr wiederkommen würden, ich wollte das nicht glauben. Doch mit der Zeit blieb mir nichts anderes übrig als es zu glauben. Ich verstand einfach nicht, warum sie mich zurückgelassen hatten und weinte viel. Obwohl Lili sich alle Mühe gab uns beide aufzuheitern. Aber noch mehr weinte ich, als Lili mich weggeben musste. Ich war inzwischen fünf, Lili hatte mich aufgenommen, aber jetzt musste sie irgendwo anders hin, ich glaube, es war etwas mit ihrem Dad. Also musste ich ins Heim. Es war schrecklich! Es war voll und laut. Ich habe zwar immer wieder andere Kinder kennengelernt, mit denen ich mich gut verstand. Aber immer wieder kamen Leute und nahmen jemand von uns mit. Meine Freunde gingen also mit der Zeit alle weg. Aber dann, ich war jetzt schon sieben Jahre alt, kamen eines Tages zwei Leute, Eleonora und Walter, sie waren sehr nett. Sie sahen uns ein bisschen beim spielen zu, ich weiß noch genau, damals haben wir immer Armdrücken gespielt. Ich hab fast alle besiegt, da war ich richtig stolz drauf. Tja, sie nahmen mich mit. Bei ihnen hatte ich ein eigenes, kleines Zimmer. Es ging mir sehr gut, zumindest anfangs. Damals haben sie noch manchmal mit mir gespielt. Aber das

wurde immer seltener. Je älter ich wurde,
desto mehr musste ich für sie machen.
Kochen, putzen, nähen und so weiter. Ich
hatte keine Zeit für Freunde, durfte niemand
einladen und auch zu niemand gehen. Mit
jedem Jahr, das ich bei ihnen verbrachte,
wurde ich einsamer.

Obwohl, nein, ganz stimmt das nicht, es gab
noch Frida. Sie wohnte auch in Nordholm,
und sie war mein einziger Lichtblick in dieser
Zeit. Mit ihr konnte ich über alles reden. Sie
war eigentlich meine Großmutter, aber jetzt
wurde sie auch meine Freundin. Sie ist ein
bisschen verrückt und fühlt sich, glaub ich,
wie zwanzig. Manchmal gab sie mir auch ein
bisschen Geld, wenn sie gerade der Meinung
war, ich könnte es gebrauchen (ich habe
aber alles trotzdem gespart). Außerdem
wusste sie manchmal Dinge, die sie
eigentlich nicht wissen könnte. Ihr hatte man

auch nicht viel über meine Eltern gesagt, sie wusste nur, dass die zwei gemeinsam nach Koggebühl gefahren waren und nicht mehr zurückgekommen sind.

Wie ich Zeit für sie fand? Nun erstens musste ich sie besuchen, damit die im Altersheim sich nicht wunderten, dass Frida zwar eine Enkelin hatte, mit der sie sich gut verstand, Diese sie aber nicht besuchte. Und außerdem lag das Altersheim auf dem Weg zum Laden, bei dem ich meistens einkaufte. So konnte ich hin und wieder kurz vorbeischauen.

Es war Freitag, ich kam gerade von der Schule, stand vor der Haustür und suchte meinen Schlüssel, ah da war er ja. Ich ging gleich in die Küche und begann Kartoffeln zu schneiden. Plötzlich klingelte es an der Tür, komisch, normalerweise kam Eleonora doch erst in 10 Minuten. Ich öffnete die Tür, doch dort stand nicht nur Eleonora, sondern auch Walter. Sehr komisch! Ungefähr eine Viertelstunde später servierte ich das Essen, Die beiden sahen mich an und Walter sagte knapp: „Frida hatte einen Schlaganfall, lang wird sie nicht mehr leben." Alles Fröhliche und Lebendige wich aus mir. Ich war unfähig mich zu bewegen. Ich starrte auf meinen Teller und spürte, wie sich meine Augen mit Tränen füllten. Nein, ich würde nicht weinen, nicht vor ihnen! Das Essen war eine Qual, sie taten, als wäre nichts und übergingen mich wie immer. Die ganze Zeit musste ich mir sagen: Sei stark, du musst jetzt stark sein Lotte!

Ich räumte ab, spülte, schnappte mir eine Einkaufstasche und ging. Sobald ich draußen war, begann ich zu rennen. Ich riss die Tür des Altenheims auf und wollte schon zur Treppe weiter rennen, als ich die Stimme der

Empfangsdame hörte(sie kannte mich schon): „Lotte?" „Ja?" „Schone Frida ein bisschen, sie ist gerade erst aus dem Krankenhaus gekommen!" „Ja, ja." Ich lief die Treppe hoch, den Flur entlang, hier, Zimmer 87, genauso alt wie Frida. Ich öffnete die Tür und ging ins Zimmer. Sie lag in ihrem Bett und hatte die Augen geschlossen. Sie sah überhaupt nicht wie meine Frida aus, und wieder schossen mir Tränen in die Augen. Da öffnete sie ihre Augen, Sie lächelte als sie mich sah: „Lotte, schön das du kommst." Sie machte eine kleine Atempause. „Weißt du ich muss bald sterben, aber ich habe eine Bitte an Dich." Ihre Augen blickten durch mich hindurch, in die Weite, als sie weitersprach: „Such nach deinen Eltern, wir werden beide nicht eher ruhen, als bist du sie gefunden hast!" Sie sah mich wieder an, lächelte, schloss die Augen und hörte auf zu atmen. Ich starrte sie an, sie war tot!das konnte nicht sein! Ich begann zu weinen, Tränen liefen mir über die Wangen und ich wurde von Schluchzern geschüttelt. Sie war tot, für immer! Von jetzt an war ich ganz allein! Ich sah sie ein letztes Mal an, dann ging ich.

Unsicher blickte die Empfangsdame mich an: „Und?" Doch ich antwortete nicht, denn ich wusste, dass meine Stimme versagen würde. Auf dem Weg nach Hause konnte ich nicht denken, in meinem Kopf war nur Platz für drei Worte: Sie ist tot. Sie ist tot…Zuhause wärmte ich den Kartoffelauflauf auf und dachte über Fridas Worte nach. Das Abendessen war wie immer, bis ich fragte: „Was wisst ihr über meine wahren Eltern? Walter und Eleonora blickten mich entsetzt an (das Thema war bei uns Tabu). Walter zischte: „Wie konntest du?!" Beugte sich über den Tisch, hob die Hand, und schlug mir mitten ins Gesicht! Einen Moment lang spürte ich nichts, aber dann schoss mir der Schmerz ins Gesicht. Ich spürte wie sich die Wange rötete, und doch tat ich nichts. Auch Eleonora und Walter taten, als wäre nichts geschehen. Schon kurz darauf spürte ich den Schmerz nicht mehr, denn in meinem Kopf nahm ein Plan Gestalt an. Ich räumte, wie jeden Abend, die Küche auf und ging dann nach oben ins Gästebad (das ich nach zehn Jahren immer noch benutzen musste). Ich sah in den Spiegel und erblickte eine kräftige 16-Jährige mit großen, von dunklen Wimpern umrahmten, grauen Augen und langem, dicken, fast schwarzem Haar. Aber auch eine 16-Jährige, die nur ein paar Straßen Nordholms kannte, und nicht einmal wusste, wie ihre Eltern gestorben waren.

Entschlossen blickte ich in den Spiegel: Ich würde tun, was Frida gesagt hatte, ich würde aufbrechen und meine Eltern suchen!

Beim Zähneputzen machte ich mir einen Plan: Ich würde im Atlas Koggebühl finden, mein Zeug zusammenpacken, per Autostop nach Koggebühl fahren, mir dort ein Hotelzimmer buchen, und dann würde ich schon weitersehen. Ich holte mir den Rucksack von Walter und den Atlas, und schlich mich damit in mein Zimmer. Aus meinem Schrank holte ich meine Klamotten und stopfte sie, mitsamt der Zahnbürste in den Rucksack. Dann kroch ich unters Bett und holte Rosalie hervor. Schön schwer, das ist gut! Ich öffnete die Klappe an ihrem Bauch und ließ das Geld heraus prasseln. Am Rucksack gab es vier kleine Nebentäschchen, in die ich jeweils fast 50 Euro abzählte. Dann holte ich unter meinem Kopfkissen eine kleine Dose hervor. Darin war das einzige, was ich von meinen Eltern noch besaß: Das Paar Ohrringe, die mein

Dad, meiner Mom zur Hochzeit geschenkt hatte.

Ich hörte Walter im Bad, das bedeutete, dass Eleonora bereits im Bett war, denn sie durfte immer zuerst ins Bad. Ich schlich mich die Treppe hinunter in die Küche. Dort begann ich alles Essbare in den Rucksack zu stopfen. Ich hörte oben Schritte, Walter ging also auch ins Bett. „Was tust du noch da unten?" Ich erstarrte, doch die Lüge kam zum Glück wie von selbst über meine Lippen: „Ich spüle ab.". Er ging, ohne noch ein Wort zu sagen ins Schlafzimmer der beiden. Zur Sicherheit drehte ich das Wasser kurz auf, praktisch, da ich ohnehin meine Flaschen auffüllen musste. So, der Rucksack war gepackt, jetzt ging`s also an den Atlas. So..., ah hier „Norden Deutschlands". Mist, zu ungenau, ah hier sieht`s doch schon besser aus. Da ist es ja. Man kam da also nur über die Straße hin, diese mündete hier in die Bundesstraße, die…ah perfekt, durch Nordholm führte. Ich wusste was das für eine Straße war. Ich packte den Atlas auch in den Rucksack, man wusste ja nie. Ich schnappte mir einen Zettel und schrieb darauf: „Vergesst mich!" Ich lauschte noch einmal, öffnete die Tür, und ging, ohne mich noch einmal umzusehen.

Koggebühl

*I*ch wanderte durch die nächtlichen Straßen bis zur Bundesstraße. Und dann, mit ausgestreckten Daumen, an ihr entlang. Es war nicht viel Verkehr, nur hin und wieder kam ein Auto vorbei. Und doch hielt keines an. Ich war müde und war schon fast im Gehen eingeschlafen, als endlich ein Auto neben mir hielt. Die Beifahrertür öffnete sich, heraus schaute eine Dame um die 60 Jahre: „Kind, was machst du allein hier auf der Straße? Wo willst hin? Meine Güte, du schläfst ja fast! Willst du einsteigen, wir nehmen dich gerne ein Stück mit!" Ich erinnere mich noch genau an ihren Strickpulli, in demselben hellblau hatte ich mal in der Grundschule gestrickt. Am Steuer saß eine junge Frau, so Mitte 20. Ich kletterte hinten ins Auto. Die junge Frau lächelte: „Na, wo willst du hin?" Ich brachte tatsächlich noch: „Koggebühl" heraus.

Während ich einschlief erzählte mir die ältere Dame so allerhand von sich und ihrer Tochter, die, wie sie mir auch erzählte, die Fahrerin war. Ihre Tochter sei Emmi und sie hieße Gerlinde. Gerlinde war mit ihrem Mann umgezogen. Doch der fuhr den Lastwagen mit den Möbeln. Aber weil sie, Gerlinde, das Autofahren verlernt hatte, musste Emmi sie fahren. Sie erzählte wohl noch so allerhand, aber da schlief ich schon.

Als ich aufwachte, war die Sonne gerade aufgegangen. Aber wo war ich? Mit einem Mal fiel mir alles ein. Ich reckte mich und öffnete die Autotür. Draußen picknickten Gerlinde und Emmi. Auf der anderen Seite war die Straße. „Guten Morgen, wie hast du geschlafen?" rief Emmi mir zu. „Ähm, danke, gut." „Lust auf Frühstück?" fragte Gerlinde.

„Da kann ich nicht nein sagen, aber wo sind wir?" „Keine Sorge, die da", Emmi zeigte auf eine Abzweigung der Straße, „führt nach Koggebühl." Dankbar lächelte ich. Emmi erzählte: „Als wir gestern Nacht hier waren, ist mir eingefallen, dass du ja da lang willst. Außerdem war ich müde und konnte eine Pause gut gebrauchen." „Vielen, vielen Dank!" Neugierig fragte Gerlinde: „Aber was willst du eigentlich in Koggebühl?" „Ähm, ich, also ich, besuche…ähm…", ich konnte noch nie gut lügen. Aber Emmi kam mir grinsend zu Hilfe: „Lass sie Mama, du warst auch mal jung!" „Schon gut, ihr zwei." Wir frühstückten lange, und plauderten wie alte Freunde. Aber irgendwann mussten sie weiter, wir verabschiedeten uns und dann brausten die zwei los. Ich war wieder alleine. Also machte ich mich abermals zu Fuß auf.

Da endlich ein Schild: 25 Km Koggebühl.
Was?! Dafür brauchte ich ja noch Stunden.
Egal, nur nicht den Mut verlieren! Ich lief und
lief und lief. In der ganzen Zeit kamen zwei
Autos vorbei, aber beide fuhren in die falsche
Richtung. Irgendwann tauchten endlich die
Häuser Koggebühls am Horizont auf. Mit
neuer Kraft wanderte ich weiter. Gegen
Nachmittag war ich endlich angekommen. Ich
ging durch das Dorf und es dauerte nicht
lange, bis ich ein Haus fand, an dem ein
Schild hing, mit der Aufschrift: Zimmer frei.
Das klang doch gut. Ich klopfte und trat ein,
denn die Tür war nur angelehnt. Es war ein
kleiner, staubiger Raum. Ein zerfleddertes
Sofa zierte die Wand links der Eingangstür,
gegenüber des Sofas stand ein uralter
Tresen. Dahinter saß ein, puh, wie alt der
wohl war? Ich bin ziemlich schlecht im
Schätzen. Na ja, auf jeden Fall ein ungefähr
mittelalter Mann, der vertieft in ein Buch

schaute (es war ziemlich dick und sah sehr gruselig aus). Ich hüstelte, nichts. Ich hüstelte lauter, keine Reaktion. Mein Geduldsfaden riss: „Na, sie sind ja schon weit in ihrem Buch." Meine Stimme triefte vor Ironie. Ich weiß, das war nicht besonders nett, aber er war auch nicht besser: „Was willst du?" Er sah mich nicht mal an! „Ein Zimmer." „Wie lange?" „Mh, sagen wir mal drei Nächte." Jetzt sah er mich zum ersten Mal an, erst muffig, dann plötzlich überrascht. Doch schon hatte er sein Gesicht wieder unter Kontrolle, und ich fragte mich, ob ich mich nicht doch getäuscht hatte. „Unter welchem Namen? Frühstück, Abendessen?" „Ich heiße Lotte. Mit beidem bitte." Sagte ich um Freundlichkeit bemüht. „Bitte jetzt gleich zahlen." Na prima, das klang doch schon gar nicht mehr so grummelig. Er nannte mir den Betrag, und ich gab ihm das Geld. In Nordholm hätte man dafür deutlich mehr zahlen müssen. Aber Koggebühl war halt ein Dörfchen. „Hier ist der Schlüssel. Durch die Tür da geht`s zur Treppe, oben die zweite Tür rechts. Das Bad ist gegenüber. Brauchst du Hilfe beim Tragen?" Als ob! „Ne, danke." Im Zimmer angekommen stopfte ich den Rucksack unters Bett und sah mich um: Es war ein kleiner stickiger Raum, mit Bett, Schrank, einer großen Heizung und einem Fenster zur Straße hin. Das öffnete ich erst mal, wer weiß, wann hier zum letzten Mal gelüftet worden war. Ich schnüffelte hinaus und roch etwas. Salzig, das war mir vorher gar nicht aufgefallen. Moment mal, salzig?

Ich lief zur Tür, die Treppe runter und nach draußen. Links die Straße lang, immer dem Geruch nach. Rechts hörten die Häuser auf und hinter dem Gestrüpp, durch das ich einfach nicht durchschauen konnte, hörte ich es rauschen! Ich lief schneller, das Gebüsch endete, und vor mir lag das Meer! Es sah zauberhaft und wild aus! Und es übte eine Art, mh … Anziehungskraft auf mich aus. Ich streifte meine Schuhe ab und lief durch die Wellen, die zwar hier klein waren, sich aber draußen massig erhoben. Ich wollte dort hinaus, dorthin, wo nichts als Wasser war. Aber, ich konnte nicht schwimmen! Schade, ich hätte es gerne gekonnt. Da tippte mich jemand von hinten an. Überrascht drehte ich mich um, vor mir stand ein Mädchen, das höchstens 17 war. Sie lächelte: „Heute würde ich nicht schwimmen gehen. Unser Wassermeister hat die rote Fahne gehisst." „Wassermeister? Rote Fahne?" „Wassermeister nennen wir unseren Bademeister, aber der ist nur da, falls Touristen wie du kommen. Alle Koggebühler wissen, wann man nicht schwimmen sollte. Und die rote Fahne steht für Sturm." Der Wind, der tatsächlich ziemlich kräftig wehte, pustete ihr, ihr blondes, fast weißes Haar ins Gesicht. „Ich wollte eh nicht schwimmen gehen.", betreten schaute ich zu Boden, „Ich kann es nämlich gar nicht." „Was, du kommst nach Koggebühl und kannst nicht schwimmen?!" Ich antwortete nicht, „Oh, tut mir leid. Aber ich kann es dir beibringen. Morgen soll es wieder ruhiger sein. Hättest du Lust, mich morgen, gegen Mittag beim Bootsverleih abzuholen? Dann könnten wir zusammen schwimmen gehen." „Schon, aber ich habe nichts zum Schwimmen." „Einen Badeanzug meinst du? Kein Problem, du kannst meinen vom letzten Jahr haben, der müsste dir passen." „Oh danke, danke! Aber warte, wie heißt du eigentlich?" „Malin, und du?" „Lotte, ich freu mich schon!" Wir trennten uns, denn es war schon spät geworden und ich wusste ja nicht, wann es in der Pension Abendessen gab.

Als ich ankam, fiel mir ein, dass ich gar nicht wusste, wo es Essen gab. Ich ging die Treppe rauf, und lauschte. Ich hörte gedämpfte Stimmen, das kam doch aus diesem Raum. Ich öffnete die Tür auf gut Glück …und lag richtig. Im Zimmer stand ein großer Tisch, an dessen einen Ende der grummelige Besitzer einer älteren Dame aus einem verführerisch duftenden Topf nachschenkte. Die Frau setzte sich zu einem ebenfalls etwas älteren Mann. Ebenfalls saß am Tisch ein junges Pärchen, das mit vereinten Kräften versuchte, dem Baby, das auf dem Schoß der jungen Frau hockte, etwas Suppe einzuflößen. Das ältere Paar gab ihnen dabei Tipps. Da entdeckten sie mich, ich wurde herzlich begrüßt und der Grummel-Mann reichte mir einen gefüllten Teller. Dass Linsensuppe so gut riechen konnte! Nach meinem zweiten Teller Suppe, die anderen Gäste waren bereits gegangen,

richtete ich mich an…? „Wie heißt du
eigentlich?" (Ich hatte gehört, dass die
anderen ihn auch duzten) Paul Klose." „Du
kennst nicht zufällig einen Ben und eine
Louise, die hier mal zu Besuch waren?"
(Meine Eltern) Er versuchte genauso
teilnahmslos und grummelig zu schauen wie
immer, doch es gelang ihm nicht. „Doch,
aber…sie…"Sie waren hier! Adrenalin
rauschte durch meine Adern. „Sind tot."
beendete ich seinen Satz. „Sie sind meine
Eltern." fügte ich erklärend hinzu, „Aber
erzähl, wie sind sie gestorben?" „Du bist
deiner Mutter sehr ähnlich." Er schluckte.
"Aber müsstest du nicht eigentlich wissen,
wie sie gestorben sind?" „Doch, eigentlich."
Leiser fügte ich hinzu: „Aber es hat sich
keiner die Mühe gemacht, es mir zu
erzählen." „Schon gut. Sie sind am
Nachmittag gekommen, und haben für drei
Tage gebucht. Dann sind sie erstmal in die

Strandperle gegangen." „Strandperle?"
unterbrach ich ihn. „Koggebühls einziges
Café. Am nächsten Tag sind sie zum
Bootsverleih gegangen und...Weiß du was,
geh am besten zu Bert, dann kann er es dir
selber erzählen." „Mach ich, gute Nacht." „Bis
Morgen." Als ich nach dem Zähne putzen im
Bett lag, konnte ich einfach nicht einschlafen.
Meine Eltern waren hier gewesen! Meine
Gedanken fuhren Karussell. Ich grübelte
lange darüber nach, was damals wohl
passiert sein könnte. Aber irgendwann schlief
ich dann natürlich doch ein.

Am nächsten Morgen wachte ich oft auf,
grübelte und schlief wieder ein. Es war schon
spät, als ich endgültig wach wurde. Vor
Aufregung hatte ich keinen Hunger. Also
machte ich mich schnell fertig, und ging los
den Bootsverleih suchen. Er war nicht
schwer zu finden, denn er musste ja am

Wasser sein. Da war er auch schon, und in einem Boot, saß Malin. „Oh, du bist schon da?" fragte ich überrascht. „Ja, meinem Dad gehören die Boote. Und ich mag es, wenn der Boden ein bisschen schaukelt. Komm schnell mit zu mir, dann kannst du den Badeanzug anziehen." „Alles klar, kann ich deinen Dad dann auch gleich noch was fragen?" „Der ist grad noch in Binger, aber heut Nachmittag ist er wieder da. Und? Wenn der Badeanzug dir gefällt, kannst du ihn behalten." „Vielen Dank, er ist sehr schön!" Sie brachte mich ins Bad und ich zog mir den Badeanzug unter die Klamotten. Er passte wie angegossen, das freute auch Malin. Am Strand schlüpften wir aus unseren Sachen und Malin erklärte mir die Schwimmbewegungen. Beim ersten, zweiten und dritten Versuch ging ich einfach unter. Es war so lustig! Wir lachten uns schlapp! Beim vierten Mal war etwas anders, ich versuchte mich dem Rhythmus des Meeres anzugleichen, holte mit Armen und Beinen weit aus und begann durchs Wasser zu gleiten. Ich schwamm! Ich schwamm weiter, war von Wasser umgeben, vergaß alles und war mit einem Mal durch und durch von Glück durchströmt. Ich fiel in eine Art Trance, und schwamm und tauchte und schwamm und tauchte…

Da hörte ich eine Stimme, Malin`s Stimme: „Komm zurück! Komm sofort zurück!" schrie sie. Es war fast so, als würde ich aus einem schönen Traum gerissen. Erst jetzt merkte ich, wie kalt mir war, und wie weit draußen ich gewesen war. Ich schwamm eilig zu zurück und Malin zog mich aus dem Wasser, rubbelte mich hektisch trocken: „Oh Gott, du bist total kalt! Du hast es so schnell gelernt, das ist eigentlich unmöglich! Du warst schon so weit draußen, dass du in die gefährlichen

Strömungen kommen könntest! Du warst so lange weg!" „Es ist alles gut Malin!" beruhigte ich sie. Wir lagen gemeinsam am Strand und plauderten, als Malin unvermittelt fragte: „Was machst du eigentlich ganz alleine in Koggebühl? Und was möchtest du von meinem Dad wissen?" Ich druckste ein bisschen herum, aber dann konnte ich einfach nicht länger lügen. Es brach alles aus mir heraus und Malin unterbrach mich kein einziges Mal. Es tat so gut, ihr alles zu erzählen! Malin erinnerte sich leider nur verschwommen an meine Eltern. Aber sie schlug vor: „Lass uns zurück gehen, mein Dad ist bestimmt schon da."

Er war tatsächlich schon da. Gespannt fragte ich nach Louise und Ben. Er blickte traurig drein: „Ja, ich erinnere mich gut, zu gut. Ich mach mir immer noch Vorwürfe." „Aber wofür? Was ist damals geschehen?" Meine

Stimme war lauter geworden. Er seufzte:
„Paul hat sie zu mir geschickt. Sie wollten
unbedingt zusammen eine Bootstour
machen. Im Kanu fahren stellten sie sich
sehr geschickt an. Ich riet ihnen aber, erst
am nächsten Tag zu fahren, denn es war
Sturm im Anzug. Aber sie wollten nicht
warten und sind trotzdem gefahren." Eine
böse Vorahnung machte sich in mir breit.
„Sie sind nicht zurückgekommen." Jetzt
wusste ich es also, aber es fühlte sich kein
bisschen besser an, zu wissen, was passiert
war. Ich machte mich langsam auf den Weg
zur Pension. Ich sah das Meer lange an. Es
hatte sich mir so wunderbar gezeigt. Sollte es
mir wirklich meine Eltern genommen haben?
Das konnte einfach nicht sein!

Beim Abendessen konnte Paul seine Neugier
nicht ganz verbergen und so erzählte ich ihm
einfach kurz, was passiert war. Obwohl er es

nicht zeigen wollte, konnte ich sehen, dass meine Geschichte ihn berührte. Nach dem Abendessen lag ich schlaflos im Bett. Ich war so unruhig, dass ich beschloss, noch einmal schwimmen zu gehen. Ich zog meinen neuen Badeanzug drunter und schlich mich raus. Am Strand streifte ich meine Sachen ab und lief in die seichten Wellen. Brrrr, war das kalt! Aber ich lies mich nicht entmutigen und lief weiter hinein. Der Anfang war ein bisschen schwer, doch schon ging es wieder wie von selbst. Abermals fiel ich in eine Art Trance. Es war als würde ich mit dem Wasser eins werden. Ich vergaß meine Sorgen, es war so wunderschön! Da hörte ich eine Stimme, aber die war nicht normal. War sie im Wasser? Oder in meinem Kopf, ich wusste es nicht. Aber das war ja Fridas Stimme: „Such sie, sie sind dort draußen! Such sie!" Die Stimme verhallte. Hatte ich sie mir nur eingebildet? Mir wurde kalt und ich schwamm zurück. Erst jetzt fiel mir auf, wie weit ich schon wieder rausgeschwommen war. Ich kehrte schnell und leise, wie eine Katze zurück in mein Zimmer. Doch jetzt konnte ich noch schlechter schlafen.

Mitten in der Nacht wachte ich auf. Ich hatte geträumt: Ich war mitten auf dem Meer, in der Ferne waren Gestalten zu sehen. Ich wollte zu ihnen, war aber so erschöpft, dass ich nicht weiterschwimmen konnte. Da sah ich ein Boot, es war zum Greifen nahe…da war ich aufgewacht. Ich grübelte und versuchte einzuschlafen. Da wusste ich plötzlich, was ich tun musste. Ich stand auf und war mit einem Mal hellwach. In meine Flaschen füllte ich im Bad frisches Wasser und stopfte alle meine Sachen zurück in den Rucksack, den verschnürte ich fest. Dann schlich ich hinunter zum Tresen, aha ich hatte mich nicht getäuscht. Da lag tatsächlich

Papier, und ein Kuli auch. Ich schrieb einen langen und lieben Brief an Malin, in dem ich sie, unter anderem bat, sich keine Sorgen um mich zu machen. Dann schlich ich mich zu den Booten. Ich hatte alles Geld, das noch übrig war, mit dem Brief in einen Umschlag getan, den legte ich jetzt vor Malin`s Haustür. Ich stieg in das kleinste Kanu, das ich finden konnte, band es los und stieß mich vom Ufer ab. Ein letzter Blick zurück, und dann paddelte ich fort. Ich war auf dem Weg zu meinen Eltern, da war ich mir plötzlich ganz sicher!

Auf dem Meer

*I*ch dachte nicht nach, sondern paddelte einfach drauflos. Die Nacht war wunderschön, die Sterne über mir spiegelten sich im Wasser, und so funkelte alles. Das sachte Schaukeln der Wellen hatte eine einschläfernde Wirkung auf mich. Nur mit Mühe konnte ich meine Augen aufhalten. Doch trotz aller Anstrengung, nickte ich immer wieder ein, schreckte hoch, schlief wieder ein, schreckte hoch, schlief ein…

Mit einem Ruck wachte ich auf. Um mich her war nichts als Wasser, wo zum Teufel, war ich? Nach und nach fiel mir alles wieder ein. Was hatte ich nur für einen Mist gebaut?! Wie hatte ich glauben können, so würde ich meine Eltern finden?! Alle Zuversicht war von mir gewichen. Obwohl am Horizont schon die ersten Sonnenstrahlen zu sehen waren, war es furchtbar kalt. Ich war verzweifelt, wo sollte ich den jetzt hin paddeln? Hunger hatte ich keinen (vermutlich vor Angst). Sollte ich zurück? Aber wo war zurück? Verdammt, verdammt, verdammt!

Und dann sah ich sie. Sie schwammen von links auf mich zu, tollten übermütig umher und umringten mich neugierig. Es waren auch einige kleinere unter ihnen, also vermutlich Jungtiere. Sie stießen dabei, die ganze Zeit hohe, trillernde und pfeifende Töne aus. Sie sprangen so unbefangen und elegant durch die Wellen, dass ich meine Sorgen einfach vergessen musste. Die Delphine waren so wunderschön! Doch ich entdeckte einen kleinen unter ihnen, der sich beim Schwimmen offensichtlich schwer tat. Er tat mir sofort leid, und noch mehr, als die Delphine langsam Richtung Osten davon schwammen, und er Probleme hatte mitzukommen. Und da ich mir nicht anders zu helfen wusste, paddelte ich ihnen einfach nach. Natürlich waren sie viel schneller als ich, und hatten mich bald abgehängt. Doch ihre glitzernden Leiber, sah ich noch lange am Horizont.

Ich paddelte den ganzen Tag hindurch, und zwischen durch aß ich ein bisschen. Ich hatte schließlich alles mögliche dabei, das gegessen werden wollte. Ich achtete stets darauf, Richtung Nord Osten zu paddeln. Denn in Koggebühl hatte ich gesehen, dass die Sonne Richtung Land unterging. Damit war klar, dass das Meer im Osten lag. Zweimal an diesem Tag sah ich die Delphine. Sie zu sehen, gab mir Kraft, auch sah ich jedes Mal den einen kleinen, der sich sehr abmühen musste, um mitzukommen. Es war wieder eine unruhige Nacht, aber irgendwann erlaubte ich mir einfach zu schlafen, da der

Wind ohnehin von Westen herkam. Doch irgendwann, holten mich schrille Töne, aus meiner Traumwelt. Die Delphine waren wieder da. Ich musste bei ihrem Anblick einfach lächeln, sie waren so wunderschön! Ich sah mich um, die Sonne war noch nicht einmal aufgegangen. Doch dann bemerkte ich, dass der Wind gedreht hatte, und nun in Richtung Süden blies. Hatten die Delphine mich etwa geweckt, um mir zu sagen, dass ich vom Weg abkam? Nein, jetzt ging meine Phantasie wirklich mit mir durch. Und trotzdem war ich ihnen dankbar dafür, dass sie mich geweckt hatten. Ich brachte das Kanu wieder auf den Richtigen Kurs, und paddelte gemeinsam mit den Delphinen wieder los. Doch ich hielt nicht lange mit ihnen Schritt, oder besser, ich hielt nicht lange mit ihnen Schwimm. Nur der eine kleine war ebenfalls so langsam, dass wir im gleichen Tempo vorankamen. Na gut, ich musste mich ein bisschen anstrengen. Irgendwann, ich war schon außer Puste, wurde er langsamer. Ich auch, denn ich nahm an, es wäre irgendwas. Doch es schien alles in Ordnung zu sein. Ich paddelte etwas schneller, er auch. Etwas langsamer, er auch. Er passte sich meinem Tempo an! Darüber war ich so überglücklich, dass ich gleich noch etwas probierte: Ich paddelte etwas nach rechts, er schien erst irritiert, doch dann folgte er mir! Ich machte es noch öfters, und jedes Mal schwamm er in dieselbe Richtung wie ich.

So paddelten wir den ganzen Tag lang. Und dann, in der Abenddämmerung kamen die Delphine wieder. Ich hatte gemischte Gefühle, denn einerseits freute ich mich natürlich sie zu sehen, aber andererseits hatte ich Angst, dass mein kleiner Delphin sich ihnen wieder anschließen würde. Oh

Gott, mein kleiner Delphin, er war doch nicht meiner! Aber ich hatte ihn nun mal ins Herz geschlossen! Und dagegen konnte ich gar nichts tun. Traurig sah ich zu, wie lustig er mit den anderen umhertollte. Er würde natürlich mit ihnen gehen, wieso hatte ich mir nur etwas eingebildet?! Langsam, aber sicher entfernten sich die Delphine wieder.

Gespannt beobachtete ich den Kleinen, der wiederum mich beobachtete. So kam es mir zumindest vor. Ich folgte den Tieren in meinem Tempo, und er…? Schwamm neben mir her! In meinem Tempo! Er blieb bei mir! Ich war so unendlich erleichtert und froh, dass ich frohgemut den Delphinen, die im Osten immer noch zu sehen waren, folgte.

Den ganzen Tag lang sang und summte ich vor Vergnügen. Mein Freund (so nannte ich ihn liebevoll) sah so lustig aus! Es ging ihm auch schon wieder besser.

Doch dann kam die Nacht. Es war bewölkt, sodass ich die Sterne nicht sehen konnte. Und das Wasser war tief schwarz. Mein Freund schwamm viel unter Wasser, wo ich ihn nicht sehen konnte. Angst und Verzweiflung überkamen mich. Es war so dunkel und gruselig! Da tauchte er wieder aus dem Wasser auf. Er war langsamer geworden. Er schwamm wieder unter Wasser, aber so nah en der Oberfläche, dass ich ihn noch sehen konnte. Da war er wieder schneller. Und ich begriff: Unter Wasser zu schwimmen, war für ihn leichter. Und trotzdem kam er wieder hoch und schwamm oben. Er mühte sich ab und gab nicht auf! Ich würde auch nicht aufgeben!

Früh am nächsten Morgen kamen die Delphine mit den ersten Sonnenstrahlen wieder (die Wolken hatten sich verzogen). Diesmal hatte ich keine Angst, mein kleiner

Delphin würde gehen. Na ja, schwimmen. Die Delphine blieben heute länger, nein, eigentlich sah es so aus, als würden sie gar nicht mehr gehen wollen. Die ganze Gruppe wartete auf uns zwei. Ich hatte das Gefühl, dass wir uns besonders anstrengten, damit sie nicht zu sehr warten mussten. Es war wunderschön, wie wir so den ganzen Tag lang gemeinsam vorankamen! Ich und die Delphine und das Wasser! Doch irgendwann wurde mein Freund schneller, und schneller. Ich paddelte was das Zeug hielt. Und dann sah ich sie! Am Horizont tauchte eine kleine Insel auf!

Wir kamen näher und näher, alles in mir prickelte. Ich stand wie unter Strom. Im Atlas war diese Insel nicht verzeichnet. Es gab keine Insel nord-östlich von Koggebühl. Wo war ich hier gelandet?! Wir waren jetzt schon so nah, dass es flacher wurde. Die Insel sah

wild und frei aus. Es war sehr felsig, doch
etwas weiter links gab es einen sandigen,
leicht ansteigenden Strand. Dort würde ich
an Land gehen. Es gab viel Gestrüpp und es
war alles felsig-waldig. Aber von hier konnte
ich nicht so weit sehen, denn es erhob sich
schon nah am Ufer eine Art Dünen-Hügel-
Berg, der einem die Sicht ins Innere der Insel
verwehrte. Lange würden die Delphine mir
nicht mehr folgen können, es wurde zu flach.
Und da schwammen die ersten auch schon
Richtung Süd West davon. Ich hielt an.
Beobachtete, wie sie sich einer nach dem
anderen abwandten und fortschwammen. Am
Ende war nur noch mein kleiner Freund da.
Er stieß seine hohen, schrillen Laute aus.
Irgendwie klangen sie fragend. „Geh nur! Ich
danke dir! Ohne dich hätte ich es wohl nicht
geschafft!" Wir sahen uns lange an. Und
dann wandte er sich ab und folgte den
anderen. Er schwamm schneller und

gewandter, als ich es bei allen anderen gesehen hatte. Ich lächelte. Irgendwie hatte ich das Gefühl, dass er mich zu der Insel geführt hatte. Ich war nicht traurig, es ging ihm wieder gut und er war bei seinen Artgenossen. Und trotzdem rann mir eine Träne die Wange hinab.

Die Insel

Ich kletterte aus dem Kanu und zog es an
Land. Weit an Land, wegen der Flut. Ich
wanderte den felsigen Hügel hinauf. Auf der
anderen Seite ging es waldig weiter, und es
fiel nur ein wenig ab. Ich marschierte weiter,
immer wieder musste ich mich aus
irgendwelchem Gestrüpp befreien. Der Wald
wurde mit der Zeit immer luftiger, und dann
hörte ich Stimmen. Sie klangen fröhlich. Ich
schlich mich leise weiter, bis ich das Dorf
sah. Ich sah viele kleine Holzhütten mit
Strohdächern. Auf Bänken, vor den Häusern,
saßen Leute. Alle waren mit irgendwas emsig
beschäftigt. Aber ich konnte, von hier aus,
leider nicht erkennen womit. Also ging ich ins
Dorf. Ich folgte einem Weg, von dem immer
wieder kleinere Wege abzweigten. Keiner
von ihnen war geteert. Wenn die Leute mich
erblickten, verstummten sie in ihren

Gesprächen, und lächelten mir zu. Doch keiner sprach mich an. Jetzt konnte ich auch sehen, was sie taten: Pilze putzen, Fische ausnehmen (bei dem Anblick wurde mir beinahe schlecht), schnitzen…Ich ging weiter. Das Dorf war nicht groß, schon bald sah ich weiter hinten das Ende. Dann kam mir ein Mann entgegen, er war alt und hatte ein gütiges, von Falten durchzogenes Gesicht. Er lächelte, und sprach mich an: „Ich bin Narva, Vorsitzender des Ältesten Rates hier. Und du bist Lotte." Überrascht blickte ich ihn an: „Woher weißt du das?" Und im selben Moment wusste ich es! Meine Eltern, sie müssen hier gewesen sein! Narva bestätigte das und führte mich zu einer Feuerstelle mit groben Bänken drum herum. Ich war so ungeduldig! Dann begann er zu erzählen: „Sie kamen genau wie du, gegen Nachmittag ins Dorf. Sie wollten bleiben. Mit der Erlaubnis des Rates begannen sie sich

eine Hütte zu bauen." Ohne mich, warum?
Narva fuhr fort: „Doch in diesen Tagen halfen
sie eigentlich nur den anderen, und bauten
kaum an ihrer Hütte. Sie waren so
freundliche, hilfsbereite Menschen!" Ich
starrte ihn an. In diesen Tagen?! Waren?!
Traurig sah er mich an: „Am vierten Tag
kamen sie zu mir, um mit mir zu sprechen.
Ben und Louise erzählten, sie hätten beide
eine schlimme Krankheit. Die Ärzte würden
sie nicht kennen und seien sich nur einig,
dass sie bald sterben müssten. Also gingen
sie fort, sie wollten nicht, dass ihre Tochter
so mit dem Tod konfrontiert werden würde.
Und außerdem wollten sie beim Meer
sterben, das sie beide liebten! Und an
diesem Morgen hätten beide gewusst…" Er
musste schlucken: „…, dass sie sterben
müssten. Doch weil sie überzeugt waren,
dass du irgendwann hier herfinden würdest,
erzählten sie mir, für dich, diese Geschichte."

Das durfte nicht wahr sein! Eine Krankheit! Diese ganze Reise, alle Hoffnung, und jetzt...eine Krankheit! Meine Augen füllten sich mit Tränen. Nein, nein, nein! Ich stand auf und lief los! Einfach irgendwohin. Meine Füße trugen mich wie von selbst zum Meer. Ich stand am Strand und sah es lange, durch einen Tränenschleier hindurch an. Es sah so geheimnisvoll aus, so einladend. Es schien mir zuzurufen: Komm, komm! Und das wollte ich tun. Ich beschloss schwimmen zu gehen. Ich schlüpfte aus meinen Sachen, den Badeanzug hatte ich immer noch an. Kurz tauchte Malin in meinen Gedanken auf, die liebe Malin, die mir schwimmen beigebracht hatte. Doch schon wurde sie wieder von den traurigen Gedanken an meine Eltern verdrängt. „Sie sind tot! Wegen einer miesen Krankheit! Kapier`s doch endlich!", schrie ich mich selbst an. Ich rannte ins Wasser, einfach nur weg hier! Die eiskalten Wellen schwappten um meine Schultern und ich begann zu schwimmen. Mit jedem Schwimmzug wich die Wut und die Trauer, die sich all die Jahre angestaut hatten, von mir. Es tat so gut zu schwimmen! Und doch, dieses Gefühl von absolutem Glück wollte sich einfach nicht einstellen. Ich schwamm und dachte an meine Eltern. Lange. Und langsam verstand ich, dass es nun einmal so war. Sie waren tot, und Wut oder Trauer konnten daran auch nichts ändern. Und dann beschloss ich glücklich zu sein! Sie hätten es bestimmt auch gewollt. Plötzlich spürte ich sie. In mir, und im Wasser. Und dann spürte ich auch Frida, und alle anderen Ahnen. Ich fühlte sie ganz deutlich. Und jetzt kam auch das Glücksgefühl wieder. Intensiver denn je. Ich fühlte mich über das Meer mit ihnen verbunden.

Ich schwamm zurück. Irgendwie war ich friedlich geworden. Mein Zustand war schwer zu beschreiben. Ich fühlte mich durch und durch ruhig und glücklich. Ich hüpfte ein bisschen auf und ab, um zu trocknen. Als ich angezogen wieder zurück zur Feuerstelle marschierte, dämmerte es bereits. Und dann, ganz plötzlich, spürte ich meine Ahnen auch im Boden. An der Feuerstelle saßen inzwischen nicht nur Narva, sondern noch jede Menge andere Leute. Alle unterhielten sich leise, nur Narva nicht. Ich setzte mich auf einen freien Platz neben ihn. Er blickte in die Flammen. Ich auch. Und jetzt fühlte ich meine Vorfahren auch darin. Ich begann, mich mit Narva zu unterhalten. Er erzählte mir von meinen Eltern. Auch die anderen Leute wurden darauf aufmerksam. Jeder hatte irgendwas von meinen Eltern zu erzählen. Und jetzt spürte ich sie auch in den Bewohnern der Insel, in ihren begeisterten

Stimmen und ihren leuchtenden Augen,
wenn sie von ihnen sprachen. Und in diesem
Moment schloss ich für immer Frieden, mit
meiner Trauer und mir selbst.

Zeitfracht Medien GmbH
Ferdinand-Jühlke-Straße 7
99095 Erfurt, Deutschland
produktsicherheit@kolibri360.de